Allá dónde vayas,

ve con todo tu corazón. *Confucio*

Miriam Koch

Fede Diferente

Corimbo

Para mi querido mar del Norte

Fede Diferente es un cordero. Un cordero especial.

Fede es *diferente*, a la vista está. Y él lo nota… Se encuentra solo.

Un día, al ver un globo de colores pasar flotando por encima del prado,
a Fede le invade una gran nostalgia y se va detrás del globo…

… a un mundo desconocido. Pero el globo desaparece y Fede se queda solo otra vez.

Encuentra otras cosas, al parecer son semejantes a él.

Pero ninguna de ellas puede responder a sus preguntas.

¿Por qué él es *diferente*? ¿Adónde puede ir?

Fede nunca ha estado tan solo.

Tiene miedo. Las lágrimas le corren por las mejillas. Todo es *diferente*, pero no como él.

Puede que el tren lo lleve a algún lugar donde ser *diferente* sea lo bueno, eso es lo que espera en su desesperación.

¿Adónde irán todos esos paquetes y cajas?

Fede, agotado, se queda dormido y sueña con un lugar *diferente*.

Cuando se despierta, todo está oscuro a su alrededor. Un maravilloso susurro penetra en sus oídos hasta el corazón.

Fede se libera de la oscuridad y divisa una torre imponente.

Lo ilumina todo y se parece a él. Es un faro.

Fede huele el aire salado y se queda asombrado ante la inmensidad del mar.

Todo aquí es *diferente*, ¡espléndidamente *diferente*! Fede descubre un prado con jugosa hierba y muchos otros corderos.

Este es su sitio. Fede lo intuye y el viento se lo dice.

Fede es *diferente* a los demás, pero ha llegado adonde iba. Forma parte de ello.

Por la noche, su alto y nuevo amigo le envía sus destellos y a Fede le brillan los ojos.

© 2013, Editorial *Corimbo* por la edición en español
Av. Pla del Vent 56, 08970 Sant Joan Despí, Barcelona
corimbo@corimbo.es
www.corimbo.es

Traducido del alemán por Fina Marfà
1ª edición mayo 2013

© 2007, Gerstemberg Verlag, Hoildesheim, Germany
© Texto e ilustraciones 2007 Miriam Koch
Título de la edición original: "Fiete Anders"
Impreso en Talleres Gráficos Vigor S.A. Sant Feliu de Llobregat (Barcelona)
Depósito legal: B 10010-2013
ISBN: 978-84-8470-478-2

Allá dónde vayas,

ve con todo tu corazón. *Confucio*